E. Rosseeuw Saint -Hilaire

Etudes sur l'origine de la langue et des romances espagnoles

Thèse présentée à la Faculté de médecine de Montpellier, et publiquement soutenue, le 31 décembre 1838

E. Rosseeuw Saint -Hilaire

Etudes sur l'origine de la langue et des romances espagnoles

Thèse présentée à la Faculté de médecine de Montpellier, et publiquement soutenue, le 31 décembre 1838

Réimpression inchangée de l'édition originale de 1838.

1ère édition 2024 | ISBN: 978-3-38509-522-9

Verlag (Éditeur): Outlook Verlag GmbH, Zeilweg 44, 60439 Frankfurt, Deutschland
Vertretungsberechtigt (Représentant autorisé): E. Roepke, Zeilweg 44, 60439 Frankfurt, Deutschland
Druck (Imprimerie): Libri Plureos GmbH, Friedensallee 273, 22763 Hamburg, Deutschland

ÉTUDES

SUR L'ORIGINE DE LA LANGUE

ET

ROMANCES ESPAGNOLES.

UNIVERSITÉ DE FRANCE.

ACADÉMIE DE PARIS. — FACULTÉ DES LETTRES.

THÈSE POUR LE DOCTORAT.

ÉTUDES

SUR L'ORIGINE DE LA LANGUE

ET

DES ROMANCES ESPAGNOLES,

PAR

E. ROSSEEUW SAINT-HILAIRE.

Paris,

IMPRIMERIE DE GUIRAUDET ET CH. JOUAUST,
RUE SAINT-HONORÉ, 315.

1838.

A l'historien de la littérature;

Au critique éloquent dont les leçons,

Et surtout les exemples,

Ont guidé mon inexpérience;

Dont les conseils,

Parfois sévères, mais toujours bienveillants,

Ne m'ont jamais manqué;

Dont l'affection m'a soutenu dans mes travaux,

Et consolé dans mes découragements;

A Monsieur VILLEMAIN

L'auteur dédie

Ce gage d'une humble amitié.

ÉTUDES

SUR L'ORIGINE DE LA LANGUE

ET

DES ROMANCES ESPAGNOLES.

1° FORMATION DE LA LANGUE.

De tout temps, les refrains nationaux (*refranes*) qui racontent les *gestes* des preux et la gloire du pays ont été chers au peuple espagnol. Les Celtibères, les Astures, les Cantabres, dans ce froid climat du nord de l'Espagne qu'enveloppent les brumes de la sombre Angleterre, avaient leurs danses et leurs chants nationaux (1); les Vascons, descendants directs des anciens Ibères, dont ils ont conservé la langue et l'indépendance, ont gardé dans leurs traditions indigènes le vivant souvenir de leur lutte avec les deux conquêtes romaine et franque, et de leur prise corps à corps avec Auguste et Charlemagne (2). De tout temps aussi, à l'autre extrémité de la Péninsule, la poésie a eu son droit de cité : on se souvient de ces lois en vers dont a parlé Strabon (3), et dont la Bé-

---

(1) Barbara nunc patriis ululantem carmina linguis,
    Nunc, pedis alterno percussa verbere terra,
    Ad numerum resonas gaudentem plaudere cetras.
                                            (*Sil. Italic.*, III, 346.)

(2) Voyez, dans mon *Histoire d'Espagne*, le chant de guerre des Cantabres contre Auguste (tome I, p. 454), et celui des Basques contre Charlemagne (t. II, p. 259).

(3) On connaît l'heureuse correction d'un savant français, Le Paulmier de Grentemesnil, à la phrase du troisième livre de Strabon, p. 139, qui parlait de lois en vers faites depuis six mille ans, Ἑξακισχιλίων ἐτῶν, phrase sur laquelle les commentateurs avaient entassé des volumes. Ce savant a tout simplement substitué ἐπῶν à ἐτῶν, six mille vers à six mille ans, ce qui rend l'assertion de Strabon beaucoup plus vraisemblable.

1

tique confiait le dépôt à la mémoire de ses vieillards. A quelque âge et par quelque point que nous abordions la Péninsule, nous y retrouvons la poésie, comme un fruit du terroir, toujours empreint, malgré tant de greffes étrangères, de je ne sais quelle inculte saveur qui trahit l'énergie du sol.

Sous les Romains, il est vrai, l'Espagne, en perdant sa nationalité, perd avec elle ce cachet d'originalité qui la distingue. Rome, en lui imprimant l'unité, lui ôte le trait caractéristique de sa nature de peuple, c'est-à-dire la tendance à l'isolement et à l'indépendance, dans la nation comme dans l'individu. Martial a beau opposer aux boucles lustrées et à la toge flottante de l'efféminé Carmenion ses cheveux hérissés et ses jambes velues (1), ce rude citoyen du Tage n'en a pas moins adopté la langue, les mœurs et la poésie de Rome. L'emphase, cette fausse grandeur qui remplace la vraie dans la vieillesse des littératures, est le trait commun qui distingue toute l'école hispano-romaine. Silius Italicus, les deux Sénèques, Lucain surtout, et toute l'emphatique famille des Annæus, venus trop tard pour être simples, offrent tous cependant, au milieu de leurs nombreux défauts, quelques traits de ce qui constituera plus tard le véritable mérite de la poésie espagnole, l'élévation dans la pensée; heureux s'ils avaient su y joindre la simplicité dans la forme !

Pâle héritière de la domination romaine, la conquête gothique vient imprimer son cachet monacal à un peuple et à une littérature en déclin ; l'église hérite de l'empire que Rome abandonne, et les lettres, s'exilant du monde, trouvent un asyle dans les cloîtres, mais en se rapetissant pour y entrer. La langue se déprave avec le goût, et l'Espagne, qui avait oublié ses idiomes nationaux pour celui des maîtres du monde, se trouve entre deux langues comme entre deux nationalités,

(1) ...... Cur frater tibi dicor, ex Iberis
Et Celtis genitus, Tagique civis?
An vultu similes videmur esse?
Tu flexa nitidus coma vagaris,
Hispanis ego contumax capillis;
Levis dropace tu quotidiano,
Hirsutis ego cruribus genisque......

(Martial, l. X, Epigr. 65.)

toutes deux imposées par l'étranger, et dont la plus vieille est encore la plus vivace.

Isidore d'Hispalis, avec sa science, vaste sans doute, mais sans goût et sans méthode, est le dernier reflet de cette belle latinité, qui s'en va s'effaçant chaque jour avec les traditions de l'empire. La poésie, faute de savoir manier le rhythme de Virgile et d'Horace, emprunte aux barbares leurs rimes grossières, et les antiennes des cloîtres exercent seules la verve attiédie des poètes de la décadence. A un siècle de distance d'Isidore d'Hispalis, et dans le midi, dernier asyle des lettres romaines, le latin barbare d'Isidore de Beja, contemporain de la conquête arabe, témoigne du rapide déclin de cette langue et de cet empire, qui s'en vont ensemble sur la même pente. L'idiome est déjà mort comme le peuple, et tous deux, également abâtardis, semblent attendre une conquête nouvelle pour les régénérer.

L'invasion arabe, avec l'émigration dans les Asturies, son contrepoids nécessaire, vient commencer cette œuvre douloureuse de régénération. C'est au midi de le Péninsule qu'elle s'attaque d'abord, là où l'empreinte étrangère a toujours été le plus profonde, et où le sol primitif a disparu depuis des siècles sous les alluvions de la conquête. Aussi, devant l'épée des Thareck et des Mouza, la nationalité gothique s'efface-t-elle avec une rapidité qui tient du prodige. Jamais conquête ne fut plus tolérante, puisqu'elle laisse partout subsister à côté d'elle la religion, les lois et les usages du peuple vaincu; jamais aucune cependant ne s'assimila plus vite et avec moins d'efforts ces populations vaincues, que Rome et Carthage avaient trouvées moins dociles. Moins d'un siècle et demi après la chute de l'empire gothique, l'hagiographe Alvar de Cordoue (1) se plaint déjà de ce que « sur mille » chrétiens mozarabes, à peine si l'on en peut trouver un qui sache » écrire une lettre familière en latin, tandis qu'on en trouvera en foule » qui savent déployer les pompes du style *chaldaïque* (arabe). » La jeunesse chrétienne, délaissant les enseignements des monastères, accourt en foule dans les écoles arabes, et l'attrait des études sacrées pâlit devant celui d'une érudition plus profane. Les chrétiens, dans la

---

(1) *Indiculus luminosus*, Florez, *España sagrada*, t. XI, p. 274.

plus grande partie de la Péninsule, ont cessé de se distinguer de leurs maîtres par la langue et par le costume; les mariages internationaux, rapprochent chaque jour les deux races, en amortissant les haines religieuses, dernière barrière qui les sépare; et l'Espagne mozarabe n'est pas loin d'oublier le Christ, comme elle a oublié la langue de Virgile, dont quelques moines, savants de l'universelle ignorance, conservent seuls le dépôt.

Mais, dans ce grand naufrage de la nationalité espagnole, il est un coin de la Péninsule, grâce au Ciel, où l'arche sainte a été déposée : ni l'Espagne, ni sa langue, ni sa religion, ne sont condamnées à périr. Ce n'est pas le latin qui vivra, toutefois, mais c'est une langue nouvelle, née de ses débris; c'est un latin rajeuni, pauvre et naïf comme toutes les langues naissantes, vivace comme tout ce qui pousse sur le sol de l'Espagne. A côté des Asturiens, nous avons vu les Vascons, non moins sauvages qu'eux, garder avec leur indépendance leur langue, vierge comme leur sol de tout contact étranger. Mais cette langue, vieil idiome des Ibères, les premiers habitants du pays, avait, comme toutes les langues primitives que le hasard a épargnées, le malheur de ne se rattacher par aucun point à la langue dominatrice qui a lié tout le monde ancien, c'est-à-dire au latin. Les Vascons, isolés de l'Espagne comme l'idiome qu'ils parlaient, n'avaient rien à mettre en commun avec elle, ni langue, ni nationalité, ni souvenirs : ce n'est donc pas à eux que pouvait être confié l'avenir de sa régénération. Tel est partout le sort des peuples qui s'obstinent à garder une langue et une patrie à part, au milieu de la grande famille européenne des langues et des peuples. Sans la conquête saxonne, l'Angleterre gaélique ne se fût pas mêlée au mouvement européen, et son obscure indépendance eût fini tôt ou tard, comme a fini celle de notre Bretagne, et comme finira celle des Basques.

Dans les Asturies, au contraire, la langue des Romains, conquérants du reste de la Péninsule, avait pénétré sans la conquête. Ces fiers montagnards, loin de s'isoler comme les Vascons dans leur indépendance égoïste, sentaient vivre en eux toutes les vieilles sympathies nationales, dont la langue est le symbole. C'est là que les Goths fugitifs, qui préfèrent, comme dit Tacite, « une liberté périlleuse à une servitude paisible », viennent demander un asyle; ils y portent avec eux tout ce qu'ils ont gardé de leur passé, leur foi, leur code, leurs chants grossiers et leurs traditions populaires, gothiques par le fond, mais latines par la forme. Puis sur ce sol des Asturies, où la poésie est indigène comme la liberté, ils retrouvent aussi une poésie nationale et des traditions plus vivantes que les leurs, car le pied d'un conquérant ne les a jamais foulées. Ces deux peuples, l'un libre, l'autre affranchi, mais frères par l'amour d'une patrie commune, mettent aussi en commun tout ce qu'ils ont de souvenirs et d'affections ici-bas. Avec leurs chants nationaux, les Asturiens avaient, comme ils ont encore aujourd'hui, leurs danses nationales (1), images de la guerre chez ces peuples belliqueux, où les jeux même de la paix doivent rappeler les combats. La guerre et la religion, telle est la première inspiration de la muse asturienne, telle sera plus tard celle de la muse castillane. Là tout est grave, foi, légendes, langue et coutumes; tout porte cette austère empreinte que nous retrouvons encore sur le caractère castillan. Les miracles de courage que réalisent, dans leur incessante croisade, ces premiers fondateurs de la monarchie espagnole, rendent plus faciles à croire tous ceux que racontent leurs chroniques. La poésie s'inspire ici aux mêmes sources que la foi, et Pélage serait un saint, s'il n'était pas un héros !

Expliquons-nous toutefois sur ce que nous entendons par ce mot de poésie. A cette confuse aurore de la régénération de l'Espagne, où la langue n'est pas plus faite que la nation, il ne peut être question de véritables *romances*, composées dans un rhythme régulier, telles que les chante encore dans ses veillées le paysan espagnol. La poésie à cette époque, comme au berceau de tous les peuples, ce sont ces vers in-

---

(1) « Un des divertissements favoris du pays, dit A. Duran (*Discurso preliminar a la coleccion de Romances historicos*), est la danse circulaire, connue sous le nom de *Danza prima*, et dont la simplicité même garantit l'antiquité. Les Asturiens la dansent au son de la cornemuse (*gaita*) et des romances nationales, armés d'épieux (*estacas*) qu'ils savent manier avec beaucoup de dextérité. D'ordinaire, chacune de ces danses finit par des coups plus réels, donnés en l'honneur de la prééminence d'une commune (*concejo*) sur une autre. Le cri de guerre est alors *Viva Pravia!* ou *Muera Piloña!* ou *vice versa.*» Le dialecte asturien, doux et sonore, s'appelle dans le pays *lengua bable*.

formes que l'on chante parce que l'on ne sait pas les écrire, et dont les
rudes consonnances servent à les graver dans la mémoire des hommes.
Sauf les rares chroniques que rédigeaient quelques évêques dans un
latin barbare qu'eux seuls ne voulaient pas laisser périr, la poésie, là
comme partout, dut précéder la prose. Les peuples, en effet, comme
les enfants, ont besoin de chants autour de leur berceau. Tout peuple
débute donc par la poésie orale, imparfaite, grossière, mais empreinte
de cette inculte énergie qu'on retrouve dans les chants du klephte grec
comme dans le sauvage *bardit* que répétaient les Germains de Tacite,
en cachant leur bouche dans leur bouclier. Cette poésie primitive des
peuples, jargon de leur enfance, ne dure pas plus long-temps qu'elle,
et, quand on vient à l'écrire, c'est qu'elle est déjà morte.

Ces chants de l'Espagne primitive, dont aucun n'est parvenu jusqu'à
nous sous sa forme originelle, mais qu'on devine sous le mètre incor-
rect du poème du *Cid*, et sous le rhythme déjà plus savant des plus anciennes romances, devaient être simples et sans art. Les deux monuments analogues qui nous sont restés dans la langue des Basques, et
surtout le chant de guerre des Cantabres contre Auguste, peuvent donner une idée de ce qu'étaient ces informes ébauches d'une langue et
d'une poésie toutes deux à leur début. Le poème du Cid, postérieur à la
conquête arabe de trois ou quatre siècles, nous donne aussi, sous une
autre forme, un curieux échantillon de cette façon naïve de raconter
les faits dans une chronique rimée, espèce de moyen terme entre la
poésie et l'histoire. D'ailleurs, à cet âge d'ignorance crédule, l'imagination des hommes était bien moins vivement excitée que leur foi : c'est
à peine si les poètes ou les chroniqueurs de l'époque ont la conscience des
grandes choses qu'ils racontent, et les faits mêmes, à cette ère de prodiges,
sont plus grands que ceux qui les accomplissent. La guerre et la foi
suffisent à ces âmes naïves, et Pélage lui-même fonde, sans le savoir,
la monarchie cástillane, comme les Tyrtées asturiens sa poésie nationale.

Les chroniqueurs alors, c'étaient des évêques; les poètes, c'étaient des
rhapsodes, qui, sous la vive impression des faits, ne songeaient qu'à
les raconter, et non à les travestir. Et, en effet, il faut le lointain des
âges, il faut le prisme de la foi, pour transfigurer ces actions merveil-

leuses, dont les contemporains ne peuvent, de si près, mesurer la grandeur; après les rhapsodes qui ont raconté au paysan de l'Hellade les
combats de leurs pères sous les murs de Troie, il faut un Homère pour
faire intervenir tout l'Olympe au siége d'une bourgade de l'Asie, et vêtir
la nudité des faits de son radieux manteau de poésie.

L'Homère espagnol a fait défaut, mais les rhapsodes n'ont pas manqué, et le poète collectif qui, trois siècles durant, a continué d'âge en
âge cette iliade chevaleresque éparse dans mille ballades, a dû s'inspirer de ces souvenirs et de ces chants, toujours vivants en Espagne dans
la mémoire du peuple. Les chroniques d'ailleurs sont là pour attester
à quel point, chez ce peuple crédule, la légende s'entrelace volontiers
avec l'histoire. Le seul élément de poésie écrite qu'on trouve à cette
époque, c'est dans les chroniques froides et décolorées de Sébastien,
de Sampirus, de Pelagius, et du moine de Silo. Partout les miracles
s'y mêlent au récit des faits, et l'Olympe chrétien, avec ses légions
d'anges et de saints, y intervient tout entier, comme les dieux d'Homère, pour garder à son berceau la naissante royauté de Pélage.

Comment du reste la foi, premier aliment de cette poésie naissante, ne se serait-elle pas accrue de ce perpétuel miracle de patien-
ce et de courage qui, d'un étroit vallon des Pyrénées, étendait peu
à peu sur tout le nord de l'Espagne cet empire pour qui la Péninsule devait un jour être trop étroite? Bientôt les royautés de
Léon, de Castille, de Navarre, d'Aragon, germent comme autant de re-
jetons sur la souche asturienne; la langue qui sera plus tard le castillan, quand la Castille sera l'Espagne, gagne pas à pas du terrain avec
sa nationalité; la poésie, sur ce sol remué par tant de bouleversements
politiques, sort de terre partout où le pied des Arabes cesse de la fou-
ler. Mais une seule langue ne suffit plus à cette riche végétation poétique, qui germe à la fois sur tous les points de la Péninsule, produit
d'une même inspiration et d'une même foi : la langue espagnole n'est
pas formée encore, que déjà les dialectes commencent, et, si près de
sa source, le fleuve est déjà divisé.

Un des points de départ de cette langue, c'est le latin barbare d'Isidore de Beja, avec ses consonnances grossières qui se suivent jusqu'à
ce qu'elles s'épuisent, espèce de rime bâtarde qui donne à la prose

même un faux air de poésie (1). Dans ce latin corrompu, où la pensée embarrassée ne sait pas se faire jour, et où chaque phrase est une énig me que l'auteur n'a pas toujours comprise, pas un mot moderne (*romanceado*), ni noble ni familier, ne se rencontre encore. C'est le dernier effort, et comme l'agonie du latin, qui s'efforce de survivre à l'époque fatale marquée pour son déclin.

Qu'on n'aille pas croire toutefois que cette corruption du latin ne date, selon nous, que d'Isidore de Beja. Dans ce recoin si éloigné du vaste empire romain, et qui avait essayé de tant de maîtres avant lui, nul doute que le mal ne fût bien plus ancien et plus invétéré. Nous n'hésitons pas à affirmer que, du temps même de Martial et de Quintilien, l'idiome populaire de l'Andalousie, tout saturé de mots celtiques, ibériques, phéniciens, grecs et carthaginois, ne devait être guère plus pur que celui du temps d'Isidore. La langue comme la civilisation romaines étaient à la surface, et l'élément indigène au fond. Seulement, la dépravation du goût, l'invasion des barbares, et le défaut de culture intellectuelle, durent, à compter du cinquième siècle, rendre le latin des lettrés de plus en plus ressemblant à l'idiome populaire, au moins par la corruption. La pure langue de Rome disparaît peu à peu avec sa civilisation ; mais la langue que nous verrons bientôt percer sous elle n'est que la langue du peuple vaincu, imprimée à son tour sur celle de ses maîtres ; et quand nous la voyons enfin apparaître, ce n'est point une naissance, ce n'est qu'une résurrection.

Dans la charte d'al Boacen (2), rédigée à Coïmbre, dans le nord de

---

(1) Voici quelques échantillons, pris au hasard, du style d'Isidore de Beja (*Isid. Pacensis*). « Abdirraman multitudine reple*tam* prospiciens terra*m*, montana Vacceorum disseca*ns*, et fretosa et plana percalca*ns*, trans Francorum intus experditat.....

» Mauri tetrum colorem equis pulchrioribus demonstra*ndo* et albis dentibus confrica*ndo*, unde equites ægyptii resiliunt fugie*ndo;* sed illi, dum amplius impressionem faciunt despera*ndo*, equités Arabum sine mora ob cutis colorem dissilie*ndo*, terga verterunt. » Et c'est sur de semblables énigmes qu'il faut bâtir l'histoire de l'Espagne du VIII° au XI° siècle!

(2) J'ai cité en entier cette charte curieuse (t. II, p. 506). En voici un extrait. « .... Christiani habeant in Colimb (*Coïmbra*) suum comitem, qui manteneat eos in bono *jusgo* (*jusgado*, justice), et component isti (*comites*) rixas inter illos, et non *matabunt* (*mataran*) hominem sine jussu *de* alcalde seu *aluazils* (*alguazil*) sarraceno; sed ponent illum *apres* (*delante*, devant, en italien *appresso*) de alcalde, et *mostrabunt* suos *jusgos*, etc.... »

la Péninsule, vingt ans à peine après Isidore de Beja, on voit déjà poindre des mots espagnols, ou qui le seront; et cependant Coïmbre, comme Beja, a reçu les Arabes dans ses murs; et dans cette charte de la conquête, par une étrange interversion des rôles, c'est le peuple victorieux qui emprunte l'idiome du peuple vaincu, tout en lui dictant des lois. Alors une lutte commence, lutte sourde, mais incessante, entre le latin, détrôné avec les Goths, et l'idiome indigène, qui se reforme des débris du latin, et perce comme la chrysalide sous cette lourde enveloppe. Dans les deux langues italienne et française, filles du latin comme l'espagnol, nous retrouvons également, vers la même époque, cette lutte plus ou moins heureuse des idiomes populaires, qui renaissent de la corruption du latin, contre l'idiome civilisateur des anciens maîtres du monde. Les peuples du midi ne pouvant s'habituer à la rudesse et à la pauvreté des langues teutoniques, ni les peuples du nord à la richesse et à la savante euphonie du latin, cette lutte si longue et si laborieuse, en Espagne comme ailleurs, finit toujours par une transaction.

Quant à la langue écrite, opposée à la langue vulgaire, il est évident, pour quiconque a étudié les chartes et les chroniques de l'époque, soit chrétiennes, soit mozarabes, qu'il existait alors deux latins : l'un enseigné par la tradition plutôt que par l'étude, à l'usage des clercs et des lettrés, et qui, s'isolant avec soin de la langue vulgaire, et croyait de bonne foi conserver les traditions du siècle d'Auguste. Les chartes, quoi qu'en dise Sarmiento (1), sont pour la plupart écrites dans cette langue, et, jusqu'au XIᵉ ou XIIᵉ siècle, l'on y trouve encore peu de trace du romance (2).

L'autre latin, car jusqu'au Xᵉ siècle on peut encore lui donner ce

(1) *Memorias para la historia de la poesía española*, 1 vol. in-4., p. 105.

(2) Voici quelques fragments du *fuero* de Uclès, écrit au commencement du XIIIᵉ siècle : « Qui arras (arrhes dotales) hobiere (*habuerit*) non det mas (*magis*) de XX morabetinos (*maravedis*), tertia pars in boda (*nuptiis*) per foro de Uclès. Et si in vida non demandaren, postea non respondeant nec filii, nec parentes...., etc. » Le *fuero* de Cacerès, écrit en 1230, est déjà plus loin du latin. « Quien uxorem duxerit, det ei en arras, y en vestidos, y en bodas, quanto se aviniere con los parentes de la esposa, et prenda fiadores de arras. » Le commencement de la phrase est en latin, et le reste en romance. Le *fuero* de Cuenca, écrit vers 1190, est en latin assez pur.

même onde coule toujours, quoique plus ou moins altérée, dans ces trois lits creusés par elle.

De tous ces dialectes, si ressemblants et pourtant si divers, et dont la diversité même contribue à faire vivre plus long-temps le latin, comme lien commun entre tous ces peuples et tous ces dialectes, la vraie langue espagnole, le pur et grave castillan, naît lentement et avec effort; il emprunte aux Goths bien plus qu'aux Arabes (1) cet accent âpre et guttural qui porte l'empreinte du rude climat du nord. Il existe du reste dans notre histoire un monument bien connu de cette ère de transition de toutes les langues néo-latines : c'est le serment de Louis de Bavière, en 842, dans la langue romane ou française, telle qu'elle sort, boiteuse encore, de la rude étreinte des peuples du nord (2). L'Espagne ne possède pas de monument aussi ancien de sa langue romane, qui ne commence guère à apparaître dans la plupart des actes écrits qu'à la fin du XII° siècle; mais tout porte à croire que la langue que parlaient les Castillans et les Asturiens au IX° siècle différait peu de celle des habitants de la Gaule du sud, dont Nithard nous a conservé ce curieux échantillon. Il est certain du moins que la langue du serment de Louis ressemble plus au castillan ancien que le français de nos jours au castillan moderne.

2° FORMATION ET HISTOIRE DE LA POÉSIE.

Après la langue, la poésie se régularise, et les chants informés que répétaient les croisés chrétiens des Asturies en marchant à l'algarade, *en tierra de Moros*, commencent à être recueillis par écrit, et à perdre quelque chose de leur rudesse. Les monotones consonnances d'Isidore

_____

(1) Les syllabes arabes, dures en espagnol, sont douces en portugais; le *g* espagnol, au contraire, reproduit la dureté de l'*h* germanique et son aspiration. La filiation de certains mots latins est la même dans les deux langues : *corpus*, *körper*, *cuerpo*; *populus*, *pöbel*, *pueblo*. (Voyez Boutterwek, *Littér. espagn.*, t. 1, p. 66.)

(1) « Pro Deo amur, et pro xristian poblo et nostro commun salvament, d'ist di en avant, in quant Deus savir et podir me dunat; si salvarai eo cist meon fradre Karlo et in ajudha, et in cadhuna cosa, si cum om per dreit son fradre salvar dist. In o quid il mi altresi fazet, et ab Ludher nul plaid nunquam prindrai qui, meon vol, cist meon fradre Karle in damno sit.

de Béja, communes dans l'origine à la poésie et à la prose, finissent par appartenir exclusivement à la première, et constituent, à défaut de mètre et de prosodie, la grossière charpente de l'alexandrin des poèmes du moyen âge. Nous ne prétendons pas traiter ici dans toute son étendue cette vaste question de l'origine de la rime, sur laquelle on a tant discuté ; nous ne parlerons pas des rimes, certainement fortuites, qu'on a péniblement glanées çà et là dans les auteurs latins du grand siècle (1); mais, dès l'époque d'Adrien, les relations de l'empire avec les populations celtiques de la Gaule et de la Bretagne, et avec celles de l'Orient, deux pays où la rime a existé de temps immémorial, l'aident à se glisser peu à peu dans la poésie latine, dont le mètre si varié n'avait pas besoin de cet enjolivement barbare (2). Sous Adrien, nous la retrouvons même dans la prose de l'Africain Apulée, et dans plusieurs des prosateurs sacrés de l'Église d'Afrique, qui semblent avoir enseigné à Isidore de Béja cet usage des rhéteurs africains, sacrés ou profanes (3).

(1)
 ....,. Poemata..... dulcia sunto ;
 ..... Animum auditoris agunto. (*Horace.*)
Limus ut hic durescit, et hæc ut cera liquescit. (*Virgile.*)
 ..... Amphora cœpit ;
 ..... Urceus exit. (*Horace.*)

(2) Le poète Florus avait adressé à Adrien les vers suivants :

Ego nolo Cæsar esse,
Volitare per Sicambros, (*vers ajouté.*)
Ambulare per Britannos,
Scythicas pati pruinas.

Adrien répondit, en conservant les mêmes désinences ;

Ego nolo Florus esse,
Ambulare per tabernas,
Latitare per popinas,
Culices pati rotundos.

Ces vers si connus du sceptique Adrien à son âme offrent aussi les premières traces de la rime :

Animula, vagula, blandula.....
Pallidula, rigida, nudula....., etc....

(3) Voyez Apulée, *Floridarum* IV, et saint Cyprien et saint Augustin dans leurs sermons d'apparat. Ce discours d'Apulée, prononcé à Carthage, est le plus curieux et le plus ancien monument de ces consonnances barbares, et l'on aurait presque droit de conclure en le lisant, que la rime a toujours été indigène en Afrique, comme elle l'est dans tout l'orient. C'est pour moi un devoir d'ajouter que je dois ce précieux renseignement à l'obligeance et à la vaste érudition du doyen de cette faculté, M. J. V. Leclerc.

La langue poétique, se corrompant de plus en plus par l'invasion progressive des barbares dans le sénat et dans les armées, adopte enfin franchement ces consonnances régulières, qui règnent déjà dans les poèmes gallois du IV° ou V° siècle (1). A mesure que les poètes deviennent incapables de manier le rhythme compliqué des vers latins, la tendance à lui substituer le système plus simple des vers *homoïoteleutes* se prononce chaque jour davantage. Les poésies chrétiennes des III° et IV° siècles portent surtout la trace de cette invasion de la rime, qui devait bientôt dans les idiomes modernes détrôner tout le système métrique des anciens (2).

Mais pour limiter la question à l'Espagne, tout annonce qu'elle reçut des Celtes les premiers exemples et le goût de la rime, dont on ne trouve pas de trace, il est vrai, dans la prose latine avant Isidore de Beja, mais qui existait déjà dans les sauvages cantilènes des guerriers cantabres (3). A l'autre extrémité de la Péninsule, l'invasion arabe, même avant d'imposer aux vaincus la langue de leurs maitres, dut également leur enseigner la rime, qui fait partie intégrante de la poésie dans les langues sonores de l'Orient ; les consonnances monotones du Koran, où la rime se répète jusqu'à s'épuiser, dûrent servir de modèles aux poètes andaloux, en même temps qu'un reflet lointain des rimes celtiques (4) inspirait les chantres asturiens. Nous n'avons point à nous

(1) Dies iræ, dies illa   Stabat mater dolorosa ,
  Solvet sæclum in favilla,   Juxta crucem lacrymosa,
  Teste David cum sybilla.   Dum pendebat filius.....
                     Pertransivit gladius , etc....

(2) Voyez le volumineux recueil de poésies galloises récemment publiées en Angleterre.

(3) Ce chant barbare, enfance de la poésie et de la langue, où les verbes manquent et où l'on ne trouve guère que des substantifs et leurs attributs, comme dans le jargon des enfants, est divisé en strophes de quatre vers, si courtes que souvent le vers n'est qu'un mot. Les trois premiers vers ne riment pas ; mais tous les quatrièmes vers, sauf un, riment ensemble danstoute la chanson. La rime n'est pas riche, car elle consiste uniquement dans la finale *a*.

(4) Sarmiento, Sanchez et la plupart des critiques espagnols , attribuent aux Goths l'introduction de la rime dans la Péninsule, et oublient ou ignorent que les Celtes l'y avaient importée bien des siècles avant eux. La poésie gothique n'a pas laissé , par malheur, pour trancher la question , de monuments de ces époques reculées ; mais les deux plus anciens monuments de la langue teutonique, le *Lied von Hildebrand und Hadebrand*, et le *Weissenbrunner Gebet*, publiés par Grimm, et que ce savant philologue croit être du V° siècle, ne portent aucune trace de rime. Peut-être l'*allitération* qui y règne, soumise à des règles

occuper de cette poésie du midi, qui, si elle a existé, a bientôt disparu sous la conquête, avec la langue et la nationalité andalouses. Mais la poésie du nord de l'Espagne, réservée, comme le peuple qui la cultivait, à de plus hautes destinées, n'en porte pas moins, dans son indépendance même, l'empreinte de la prosodie et du mètre arabes, tandis que l'influence du génie germanique, moins sensible dans la forme, s'y retrouve peut-être davantage dans le fond. Il y a certainement dans cette poésie austère, pleine d'une foi grave et recueillie, quelque chose qui appartient plutôt au ciel sombre du nord et à ses rudes idiomes qu'aux riantes imaginations du midi. Les pompes de la poésie, comme celles de la religion espagnole, viendront plus tard, avec des jours plus sereins; mais son début est sombre comme le ciel brumeux de l'océan de Biscaye, et son enfance sérieuse comme celle d'un peuple chez qui la foi est venue avant l'imagination, et les larmes avant le sourire. L'ironie, qui s'est assise avec son rire moqueur à côté du berceau de notre poésie, est inconnue aux chantres naïfs du Romancero, comme aux *minnesinger* de la crédule Allemagne. L'Espagne du Cid, si elle avait connu le doute, n'aurait ni tant chanté ni tant combattu !

Mais si le souffle poétique qui a passé sur elle du X' au XIV' siècle vient du nord, à n'en pas douter, le mètre, le rhythme, en un mot l'enveloppe extérieure de la poésie lui vient du midi, c'est-à-dire des Arabes. Nous n'analyserons pas tous les mètres si variés qu'elle leur a empruntés; mais la *redondilla*, composée de huit syllabes, dont la dernière est muette, et de sept seulement quand la dernière est accentuée, la *redondilla*, forme indigène et primitive, dans laquelle dûrent être composées les premières romances espagnoles, paraît avoir été prise aux Arabes. C'est leur monorime de seize syllabes, coupé en deux vers égaux, plus propres, par leur brièveté, à se graver dans la mémoire. Ce mètre, créé pour et par les Romances, a toujours été profondément national en Espagne. Il a traversé tous les âges, depuis l'enfance de la poésie jusqu'à nos jours : c'est lui sans doute qu'employaient les vieux

plus ou moins fixes, a-t-elle donné aux Espagnols la première idée de l'assonnance. La rime, il est vrai, se glisse ensuite dans ces poésies primitives, et y remplace l'allitération, mais à des époques bien postérieures, et lorsque le contact des peuples du midi de l'Europe avait pu l'enseigner aux conquérants du nord.

bardes asturiens, et c'est lui qu'affectionnent encore les poètes contemporains, quand ils veulent s'inspirer des souvenirs de la muse nationale.

D'autres peuples, avant les Espagnols, avaient eu ce mètre octosyllabique, dont les hymnes rimées des III° et IV° siècles de l'Église nous offrent tant de modèles. Mais ce qui appartient en propre à l'Espagne, c'est l'assonnance, espèce de rime imparfaite qui ne plaît que par sa continuité, et dont le charme monotone, qu'on ne sent qu'à la longue, semble fait pour bercer le sommeil d'un enfant. L'assonnance, on le sait, consiste dans le retour périodique, pendant un certain nombre de vers, de deux voyelles toujours les mêmes à la fin de chaque second vers. Ainsi, dans ces quatre lignes :

Grande rumor se levanta
De gritos, armas y voces,
En el palacio del Rey,
Donde son los Ricos-omes.

la rime, comme on le voit, si rime il y a, ne consiste, à l'inverse de l'*allitération* germanique, que dans les voyelles, tandis que les consonnes restent différentes. Il faut une oreille fort exercée pour sentir l'impression rhythmique de cette assonnance qui se continue pendant toute la romance; et si l'on remarque qu'elle n'a lieu qu'au retour du second vers, ce sera une raison de plus de croire à l'origine arabe de la *redondilla*, puisque les deux vers espagnols ne représentent qu'un vers arabe.

Mais c'est assez nous occuper de la forme: passons maintenant à l'histoire de cette poésie primitive dont l'Espagne est fière à bon droit, car elle lui appartient en propre, et répond au caractère grave des faits qu'elle raconte, et à la foi naïve du peuple qui la chante. Nous avons montré comment, des débris du latin, et d'emprunts faits à l'arabe et à la vieille langue ibérique, dont les Basques avaient gardé le dépôt, s'était façonné ce qui n'est pas encore, mais ce qui sera la langue castillane; comment, en même temps que la langue et des mêmes éléments, s'était formée une poésie qu'on peut mieux que toute autre poésie appeler indigène; comment était née, grâce à elle, une véritable histoire nationale, chantée long-temps avant d'être écrite, et distincte de celle que le clergé du temps consignait dans ses chroniques. Comment enfin cette poésie, inspirée à la plus sainte et à la plus féconde de toutes les sources, avait recueilli, toutes vivantes dans les souvenirs du peuple, les premières scènes du drame de l'Espagne reconquise, drame de huit siècles, qui commence à Pélage et finit au siége de Grenade.

Le plus vieil échantillon de cette littérature nationale qui appartient en propre à l'Espagne, c'est le poème du Cid, ébauche de langue et de poésie à la fois, première et rude assise de ce monument où chaque siècle a apporté sa pierre (1). Dans cette œuvre sans nom il n'y a pas plus de poète qu'il n'y a de poésie : c'est une chronique mise en vers, si toutefois ce sont des vers que ces lignes inégales, terminées tantôt par une rime, tantôt par une assonnance, et qui souvent même se passent de toutes deux ; ce n'est pas l'auteur, c'est la voix du peuple qui raconte ; ce sont les récits sans art de ce siècle batailleur et crédule, les chants du jongleur à la veillée du pâtre ou devant le chêne qui flambe dans l'âtre du châtelain.

C'est un contraste curieux à étudier que celui du castillan de nos jours, dans sa richesse un peu embarrassée, avec la simplicité ferme et la vénérable rusticité de ce poème, fruste pour ainsi dire, et tout couvert de la rouille des âges. La langue castillane, avec sa pompe austère et son énergie tempérée de grâce, est déjà tout entière dans cette langue du Cid, mais elle y est en germe, comme l'arbre est dans l'arbuste. De ce mètre irrégulier à la poésie plus savante et déjà plus maniérée des Romanceros, il y a toute la distance de l'enfance d'une langue à son adolescence : ainsi, dans les chants des rhapsodes helléniques, si un heureux hasard nous les avait conservés, nous retrouverions, en germe aussi, la langue et le génie d'Homère, qui, sans ces chants inspirateurs, n'eussent peut-être jamais existé.

(1) La meilleure édition du poème du Cid est dans la collection de poésies castillanes, par Sanchez. *Madrid*, 1779, 4 vol. in-12. (Voyez t. I, p. 231.) On y trouvera à la fin du poème un glossaire très précieux.

Mais si le style et la science font défaut dans cette rude ébauche, en revanche, quelles délicieuses peintures de mœurs se rencontrent à chaque page! quelle saisissante image de cette vie de luttes et d'aventures du *rico-home* castillan au moyen âge! quelles mœurs que celles de ce siècle où un vassal banni par son suzerain lui laisse en dépôt sa femme et ses filles, emprunte à usure à deux juifs l'argent pour la croisade, en leur laissant pour gage la parole du Cid et deux coffres remplis de sable, et s'en va avec son bon cheval Babieça, sa bonne épée Tizona, et trois cents aventuriers comme lui, conquérir des royaumes en terre de Maures! Et ce digne évêque don Hieronimo, prélat batailleur, toujours salade en tête, qui vient dire au Cid, le matin d'une bataille : « Aujourd'hui, bon Cid, je vous ai dit la messe de la » Sainte-Trinité; mais si je suis sorti de ma terre et suis venu vous » chercher, c'est que j'avais grande envie de tuer quelques Maures, et » que je voulais honorer mon ordre et sanctifier mes mains. Je porte » une bannière de combat et des armes à l'épreuve, et, s'il plaît à » Dieu, je les voudrais essayer, afin que je puisse me réjouir dans » mon cœur, et que vous, mon Cid, vous soyez content de moi; et si » vous ne me faites pas ce plaisir, je veux me quitter de vous. » Et ce bon Cid, qui y consent, souriant dans sa barbe et curieux de voir comment se battra l'abbé. Et l'abbé, en effet, ne se bat pas mal (*Dios, que bien lidiaba!*), car il tue deux Maures du premier coup de lance et cinq avec son épée, et revient ensuite tranquillement se laver les mains, et dire sa messe à la cathédrale de Valence, mosquée musulmane changée en église par le Cid (1).

On a beaucoup disserté sur la date de ce curieux poème; mais, après une étude attentive des chartes et des documents de cet âge, je crois pouvoir en assigner la date à la moitié du XII° siècle, cinquante

(1)   Oy vos dix' la misa de sancta Trinidade,
     Por eso sali de mi tierra è vin' vos buscar
     Por sabor que avia de algun Moro matar.
     Mi orden è mis manos querrialas ondrar :
     Pendon traio à corsas è armas de sedal
     Si plogutess à Dios, querrialas ensayar,
     Mio corazon que pudiese folgar,
     E vos, mio Cid, de mi mas vos pagar.
     Si este amor non feches, yo de vos me quiero quitar. (*Vers* 2380 *et suiv.*)

ans environ après la mort de son héros, époque où les *gestes* du Cid étaient encore présents à tous les esprits et répétés par toutes les bouches. On est libre de l'attribuer, avec A. Duran, à un érudit de ce siècle, dont on distingue, suivant lui, les efforts malheureux pour imiter la prosodie latine, bien qu'on ne rencontre dans le poème aucune allusion à la mythologie, ni aux souvenirs de la poésie et de l'histoire anciennes. Mais certes, pour qui voudra étudier avec soin le style des *siete Partidas*, publiées vers le milieu du XIII° siècle, cent ans de distance seront le moins qu'on puisse supposer entre la langue du Cid, langue au maillot, encore enveloppée de ses langes, et celle du Code d'Alonzo, langue déjà faite, sinon achevée, et qui a dû passer par bien des épreuves avant d'atteindre à ce degré de perfection relative.

En effet, après ce poème du Cid, qui marque le début dans la carrière, l'histoire littéraire de l'Espagne atteste dans sa langue comme dans sa poésie un incessant labeur de perfectionnement. Le *Fuero Juzgo*, traduction en romance du Code gothique, écrit en latin ; les œuvres sacrées de Berceo, les *Partidas* et la *Coronica general* d'Alonzo X, et les vers de l'archiprêtre de Hita, élaborent successivement la langue, et la fixent en l'épurant. Le roi Alonzo X, *el sabio* (le *savant*, et non le *sage*), ordonne pour la première fois en 1263 l'usage du *Romance* dans les actes publics. L'Espagne, à cette aurore brillante de sa littérature, devance l'Europe d'un siècle dans la carrière des lettres comme dans celle de la liberté. Mais avec le progrès viennent aussi les défauts : tant de routes nouvelles sont ouvertes devant l'esprit humain, qu'il lui est bien permis de s'égarer quelquefois. Au XIII° siècle, cependant, la recherche n'est pas venue encore ; mais elle naît avec le XIV°, et naît, hélas ! pour ne plus mourir. L'art n'est déjà plus assez près de son berceau pour aimer la simplicité, et il n'est pas assez vieux pour y revenir à force d'étude. Alors, aux poètes du peuple succèdent les poètes de châteaux : les jongleurs, les trouvères, vont quêtant partout les souvenirs nationaux pour les arranger à leur guise et les vêtir d'un habit de cour. La pauvre poésie, tirée de l'atmosphère où elle aimait à vivre, passe des chaumières aux palais ; et, plébéienne qui rougit de son origine, elle n'oublie que trop vite son langage et ses allures d'autrefois.

C'est du XIV° et du XV° siècle que datent la plupart des romances dans la forme où nous les possédons aujourd'hui. Aucune ne nous est parvenue dans la langue et sous la forme qui appartenaient au XIII°, et c'est à peine si, à dater du XIV°, on commence à tracer leur histoire. Les plus anciennes par le sujet aussi bien que par le style sont tirées des romans français de chevalerie, ou traitent des événements historiques antérieurs au Cid, sans compter quelques rares et curieuses excursions dans l'histoire sacrée ou profane, comme la romance de la mort d'Absalon, et de celle de don Hector, châtelain de la ville de Troye. Puis viennent les romances du Cid, qui, toutes réunies, forment un ensemble presque égal en étendue au poème. Enfin tous les grands faits historiques postérieurs au Cid, jusqu'à la mort d'Alvaro de Luna, le favori de Juan II, en 1453, ont fourni matière à une série de romances inspirées à la fois de l'histoire, des fictions et des souvenirs nationaux.

Nous n'avons pas à suivre en détail l'histoire de la poésie espagnole jusque sous le règne de Juan II, ni à parler, autrement que pour mémoire, des cent vingt poètes qui ont illustré ce règne si brillant et si agité. Mais c'est de la fin du XIV° siècle et du début du XV° que date l'introduction en Espagne de la *gaie science*, empruntée aux Provençaux, dont l'imitation va désormais régner toute-puissante dans la Péninsule. Le premier *consistoire* ou académie du *gai savoir*, établi à Barcelone en 1390, sous Don Juan I°° d'Aragon, naturalisa en Espagne les formes savantes et la grâce maniérée de cette littérature étrangère, bientôt adoptée par la Castille comme par la Catalogne. L'affectation, dès lors, prend droit de bourgeoisie dans la littérature espagnole, et substitue l'antithèse aux grâces naïves et à la simple allure des vieilles romances nationales. C'est à cette époque aussi qu'il faut assigner l'origine des romances dites *mauresques*, qui n'ont guère de mauresque que le nom. Quelques unes de ces romances, les plus anciennes et les plus belles, datent réellement de l'Espagne arabe, et portent à un haut degré son cachet de grâce et d'éclat ; mais le plus grand nombre date du XVI° et même du XVII° siècle, et il semble que l'auteur soit plus à son aise pour décrire l'Espagne arabe à mesure qu'il s'en éloigne davantage. Ces romances, assez nombreuses pour occuper un volume de la collection de Duran, n'ont aucune prétention au titre d'historiques ; on n'y trouve même aucune allusion à toutes ces grandes catastrophes, teintes de sang et de poésie, qui remplissent les annales de l'Espagne. Il semble qu'elles se passent en l'air, comme les romans de la Table-Ronde, et dans un monde imaginaire qui n'a pas de place sur la carte. D'insipides amours, des rivalités et des défis, les remplissent tout entières. Du reste, elles ne sont ni d'aucun temps ni d'aucun pays, elles ne ressemblent à rien, si ce n'est aux romans d'Astrée et de Céladon, versifiés à grand renfort de *concetti*, et les Maures qu'elles mettent en scène n'ont jamais vu Grenade ni les murs de l'Alhambra.

Nous élaguerons également de notre étude des *Romanceros* les romances dites de *Table-Ronde*, que la vogue inouïe des romans de chevalerie français ou gallois, et de l'Amadis (1), portugais de forme, mais français d'origine, mit long-temps à la mode en Espagne. Cette poésie, toute de convention, mais qui n'est, après tout, guère plus fantastique que les Maures du Romancero, n'est cependant pas sans quelque charme. Le mètre naïf et à longue haleine des *coplas de redondilla* convenait assez bien à ces longs poèmes, que l'Espagne a découpés en romances, et à qui elle a donné ainsi, en les associant à ses souvenirs de Roncevaux, le droit de cité poétique. Peut-être, cependant, le mètre plus souple des vieux poèmes provençaux convient-il mieux aux capricieuses allures de cette poésie, habitante des airs, et qui semble ne poser à terre, comme l'oiseau fatigué, que pour reprendre son vol. Le Romancero, d'ailleurs, a son merveilleux à lui, plus simple et plus sobre que celui des chroniques ; et ce merveilleux, tout chrétien, s'inspire surtout de son histoire, qui n'est, à vrai dire, pendant huit siècles, qu'un miracle continu. L'Espagne, la sérieuse Espagne des Romanceros, n'a besoin ni de fées ni d'enchanteurs ; et la poé-

---

(1) Sans parler du nom d'Amadis *de Gaule*, qui est déjà par lui-même une présomption assez forte en faveur de mon assertion, ce roman fameux, qui a fait les délices du moyen âge, appartient évidemment au même ordre de faits et d'idées, et par conséquent à la même patrie qui a enfanté les poèmes et les romans de la Table-Ronde. Bien que son auteur soit, dit-on, un certain Vasco Lobeira, Portugais qui vivait au milieu du XIVᵉ siècle, tout annonce que sa date remonte plus haut, et que sa patrie n'est pas là. Peut-être, comme les Romanceros, existait-il sous une autre forme, et a-t-il été chanté avant d'être écrit.

sie, sous la tutelle de l'Inquisition, ne pouvait faire moins que d'être bonne catholique. Ses miracles, c'est Dieu seul qui les fait; et ses preux, dont la vie n'est qu'une longue croisade, ne demandent leur courage qu'à Dieu, à la patrie et à la haine des Maures, les trois inspirations de la muse espagnole.

3° Caractère des romances.

Nous arrivons enfin au vrai titre de gloire de l'Espagne du moyen âge, à ses romances nationales. Et d'abord, une de ces grandes figures historiques qui impriment leur cachet à tout un siècle se montre au premier plan de toutes ces romances. Cette figure, c'est celle du Cid, idéal, un peu imaginaire peut-être, du vassal accompli, fidèle même dans l'exil au souverain qui l'a banni. N'essayons pas toutefois de regarder de trop près, et restons au point de vue, comme pour une décoration de théâtre : car peut-être cette loyauté tant vantée du Cid ne résisterait-elle pas à une critique historique bien sévère; peut-être, à côté de ce modèle des chevaliers et des vassaux, scrupuleux aventurier, qui ne peut pas prendre une ville aux Maures sans en faire hommage à son seigneur, trouverions-nous un autre Cid, un Cid vrai, fort différent du Cid poétique; espèce de *condottiere* chevaleresque, louant aux Maures sa bonne épée Tizona, et guerroyant sans scrupule pour Allah, tout en faisant dire des messes à la Vierge (1).

Mais à quoi bon dépouiller de son manteau de poésie ce Cid trans-

---

(1) Le curieux ouvrage que Risco a publié en 1799, sous le titre de *la Castilla y el mas famoso Castellano*, est le premier qui nous montre enfin le Cid réel après le Cid idéal du poème et des romances. Nous y voyons (p. 143) comment Rodrigo Diaz, seul nom que le Cid porte dans les chroniques, banni par le roi don Alonzo, se rendit à Sarragosse, où régnait Achmet al Moktadir, tributaire des rois de Léon, et comment il fut nommé par le successeur de ce prince gouverneur de son royaume, qu'il administra et défendit pendant plusieurs années; comment il fit la guerre avec succès à plusieurs princes chrétiens, ennemis de son maître, et entre autres au comte de Barcelone, qu'il fit prisonnier, et au roi don Sancho d'Aragon. L'ouvrage de Risco est la paraphrase d'une chronique latine, presque contemporaine du Cid, trouvée au couvent de Saint-Isidore de Léon, et dont, par malheur, il ne donne pas le texte.

figuré qu'ont créé les romances, en dépouillant l'homme pour ne laisser que le héros? A quoi bon enlever cette religion populaire à l'Espagne, qui croit encore en son Cid comme elle croit en son Dieu! Laissons donc là l'exactitude historique, qui n'a rien à faire avec des annales poétiques, où la vérité même doit se teindre des couleurs de la fiction. Prenons le Cid tel que l'Espagne nous l'a fait, vivante image de cette poésie où la réalité est au fond, et où le mensonge n'est qu'à la surface. Quel admirable caractère que celui de ce Cid, Ruy Diaz *el Campeador*, « celui qui naquit en bonne heure (*el que en buen ora nació*)!» Comme il s'abaisse sous la main du maître qui le châtie, même injustement, et se relève plus grand de ce loyal abaissement! Quelle tenace fidélité envers un maître ingrat, et dans un pays où le vassal qui veut prendre congé de son seigneur n'a qu'à lui baiser la main, et à lui dire : « Je *me quitte* de vous (*me despido*) », et puis tout est dit! La poésie ici ment sans doute, mais pas plus que les chroniques, en ne nous montrant que les vertus de ce personnage idéal, qui appartient plus à la légende qu'à l'histoire; mais qui ne sent là dessous ce qui manque à tous les paladins de la Table-Ronde, un homme de chair et d'os sous leur armure, et une réalité pleine de vie, que le génie même de l'Arioste n'a jamais pu donner à ses fantastiques héros?

Que sont auprès du Cid tous les acteurs de ce drame chevaleresque? De pâles copies de ce Cid, qui remplit à lui seul la poésie, les chroniques, et plus tard le drame; des types plus ou moins abstraits de cette nationalité espagnole dont *mon Cid* Ruy Diaz est la vivante personnification. Bernardo de Carpio, l'antagoniste de Roland à Roncevaux, et le pendant espagnol du paladin franck, aussi fabuleux que lui, Bernardo n'est qu'un Cid manqué. Fernan Gonzalez lui-même, tout historique qu'il soit, Fernan, le fondateur de la monarchie castillane, est à la Castille seulement ce que le Cid est à l'Espagne tout entière, et cette nationalité plus étroite rayonne aussi d'un moins vif éclat.

Mais ce n'est pas assez pour le Cid d'avoir son poème à lui; il a aussi son *Romancero* spécial, presque aussi volumineux que toutes les autres romances nationales prises ensemble. Ces romances du Cid, plus récentes que le poème de deux siècles au moins, lui sont sans doute fort supérieures par la forme et par le talent; mais il y a peut-être plus de charme dans le poème et dans sa langue primitive, parée des grâces de l'enfance, et qui semble ignorante elle-même de l'effet qu'il produit. Il n'est pas jusqu'à son rhythme inculte qui n'aille mieux à ces hommes et à cet âge de fer que le mètre plus savant des *coplas de redondillu.* Le poème, d'ailleurs, il ne faut pas l'oublier, est le type des romances, qu'il a devancées dans la mémoire et dans les affections du peuple. Sans le poème, les romances, à coup sûr, n'eussent jamais existé, tandis que le poème vit, comme son héros, d'une vie qui est bien à lui, et qui subsiste indépendante des caprices de la fiction.

Quant aux autres personnages qui apparaissent sur la scène du Romancero, le premier en date, et le plus poétique peut-être, c'est ce malheureux roi Rodrigue qui perdit l'Espagne pour l'amour de la Cava, et que sa pénitence imaginaire a absous aux yeux de la dévote Péninsule, Représentant de cette race gothique si vite déchue, mais si chère encore au peuple espagnol, le nom de Rodrigue n'est pas maudit par lui : car le pécheur s'est repenti après la faute, et le peuple, indulgent pour ce genre de faiblesse, aime et plaint encore ce triste roi Rodrigue, glorieux vaincu du Guadalete, et n'a de malédictions que pour la Cava.

Du reste, chacun des grands groupes dont se composent les Romanceros a son héros qui le domine, comme il domina le siècle tout entier. Rodrigue, c'est l'Espagne perdue, comme Fernan Gonzalez et le Cid seront plus tard l'Espagne reconquise. Bernardo de Carpio, c'est la nationalité espagnole, mais la face tournée vers le nord, et luttant contre les Franks comme le Cid et Fernan contre les Maures. Fernan Gonzalez, c'est la Castille, qui, bien long-temps avant le Cid, règne par Fernan dans la poésie comme dans l'histoire. A elle, dès lors, la langue et l'indépendance; à elle, plus tard, l'unité espagnole, la monarchie et l'avenir ! Quant aux infants de Lara, jeunes et touchantes figures de héros, qui n'apparaissent sur la scène que pour l'ensanglanter, c'est une de ces races privilégiées pour les douleurs, que le peuple aime pour les larmes qu'elles lui font verser. Ce père à qui l'on sert à dîner les sept têtes de ses fils (1) rappelle à s'y méprendre la plus atroce

(1) Voyez la collection d'Aug. Duran, tome V, p. 18, vers 2380 et suivants (*Madrid*, 1832).

et la plus saisissante fiction du théâtre antique; les Atrides espagnols n'ont ici rien à envier en fait de poésie à ceux de la Grèce, et ils ont de plus leur jeune courage et l'intérêt qu'ils inspirent.

Pierre le Cruel, plus maltraité, à l'inverse du Cid, par la poésie que par les chroniques, qui ont fait au moins pour lui la part du mal et du bien, lègue au drame sa lutte avec son frère, non moins tragique, à coup sûr, que celle des deux petits-fils de Laïus; lutte corps à corps, où le poing et le genou combattent à défaut du poignard, et où le fratricide, dans sa brutale vérité, redouble à la fois de poésie et d'horreur. Puis, au milieu de ce drame de sang, où les romances, on ne sait trop pourquoi, ont pris parti pour le vainqueur, apparaît, par un de ces contrastes que Shakespeare excelle à inventer, la douce et pâle figure de Blanche de Bourbon, jeune fille de dix-sept ans, qui trouve en Espagne une prison au lieu d'un trône, et meurt en regrettant son doux pays de France (1). Enfin, le dernier groupe de romances appartient à Alvaro de Luna, grand connétable de Castille, le favori de Juan II, passé presque sans transition des marches du trône à l'échafaud. Si toutes les hautes fortunes sont enviées, toutes les grandes disgraces sont populaires : car il y a en elles quelque chose qui parle à la fois à l'imagination et à la pitié des hommes. Tel est, dans les romances du moins, le rôle du malheureux Alvar de Luna, et une disgrâce si soudaine et si noblement supportée exciterait un véritable intérêt, si ce malencontreux nom de *Luna* n'avait pas tant prêté à la déplorable verve des faiseurs de *concetti* et à leurs ridicules allusions au soleil et à la lune.

Après cette analyse rapide des personnages et des faits, essayons de

(1) Oh Francia, dulce patria!
Por qué no me tuviste
Cuando à sufrir à España
De ti salir me viste?.....
Oh Francia, mi noble tierra !
Oh mi sangre de Borbon!
Hoy cumplo dezisiete años,
Y en los deziocho voy;
El rey no me ha conocido,
Con las virgenes me voy.....

nous rendre compte des sentiments et des idées. Le premier caractère des Romanceros, c'est une foi crédule, mais grave, et où l'influence du clergé tient beaucoup moins de place qu'on ne le pense d'ordinaire. S'il y apparaît, ce n'est qu'en seconde ligne, comme l'évêque batailleur du Cid, car le monde est à l'épée, et non pas à la croix.

Malgré ce que nous avons dit de l'empreinte du mètre arabe sur celui des Romances, on serait trompé si on s'attendait à y retrouver souvent l'esprit et la couleur de la poésie orientale: trop de haines séparent les deux peuples pour qu'ils aient beaucoup à emprunter l'un à l'autre. Si l'influence arabe perce çà et là dans quelques romances, on peut en conclure qu'elles appartiennent à une partie de l'Espagne reconquise sur les Maures, et où leur empreinte, plus profonde, dut rester plus long-temps gravée. La muse arabe, d'ailleurs, vit dans un monde de sentiments factices comme sa civilisation; la muse castillane, plus naturelle et plus simple, vit dans le monde des réalités, et agit, comme ses héros, plutôt qu'elle ne disserte. Ce qui domine en elle, c'est une ignorance naïve et farouche, mêlée d'un pieux dédain pour cette profane civilisation, qu'elle aime mieux détruire qu'imiter.

Sous le rapport politique, les Romances prêtent à de curieuses études de mœurs. Nous avons vu dans le Cid du poème, comme dans celui des romances, l'idéal du vassal accompli, modèle d'autant plus populaire de soumission et de loyauté que l'original était alors plus rare; mais l'indépendance, qui fait le fond du caractère espagnol, perce même dans les rapports du vassal avec son suzerain; toujours prêt, à la première offense, à secouer un joug qui lui pèse, il choisit son seigneur, et le quitte à son gré. Souvent même, à défaut d'autres alliés, il en va chercher chez les Maures, et devient le plus redoutable ennemi du maître qu'il a quitté. Les chroniques, comme les romances, fourmillent d'exemples de ce genre, et l'on est sans cesse à se demander comment les haines qui séparent les deux nations n'empêchent pas ces alliances, où le beau rôle, il faut l'avouer, n'est pas toujours pour les chrétiens: car la dévotion, comme l'épée de ces pieux *condottieri*, est au service de celui qui la paie, et, en se battant pour Allah, ils prieraient volontiers le Christ de leur donner la victoire.

Cependant la royauté, ce faîte suprême de l'édifice féodal, qui tient tant de place dans l'histoire de l'Espagne, n'en tient guère moins dans les Romances, et la poésie ici est le miroir fidèle de la réalité. Qu'il s'agisse d'un crime ou d'un dévoûment, le souverain, *el buen rey*, dès qu'il ordonne, est sûr d'être obéi ; la morale, c'est l'obéissance, et le crime appartient à celui qui l'ordonne, et non à celui qui l'exécute. Il en est de même du vassal avec son suzerain, monarque subalterne, également obéi dans un cercle plus restreint : tant que celui-ci tient ses engagements avec son vassal, et lui donne sa place au foyer, sa part au festin et au pillage, le contrat subsiste, et il faut faire tout ce que le seigneur ordonne, même le crime ; *sinon, non !* comme disaient les Aragonais à leurs rois.

Mais si la royauté occupe une large place dans la poésie et dans les idées du temps, l'individualité, ce sentiment tout barbare, tout germanique, en tient encore plus ; il semble que les hommes n'y aient de valeur qu'abandonnés à eux-mêmes, et comptent, comme autant d'unités indépendantes, pour ce qu'ils valent, et non pour ce que d'autres leur ajoutent. Il est bien entendu toutefois que, quand nous parlons d'hommes, c'est des nobles seuls qu'il s'agit. A lire les Romances, il semble que la nation espagnole ne se compose que d'*hidalgos* et de *ricos hombres ;* le reste ne figure que pour mémoire, comme le peuple dans les conciles gothiques (1). L'indépendance dont nous avons parlé n'existe que pour les *fijos d'algo* (les fils de quelque chose) ; et quand il leur plaît de changer de suzerain, le troupeau docile d'hommes d'armes et de vassaux qu'ils traînent à leur suite n'a pas de compte à leur demander : que le *pennon* de Bernardo del Carpio flotte pour les Maures ou pour la Castille, pourvu qu'il y ait du butin à partager après la campagne, ses fidèles sont satisfaits, et n'en demandent pas davantage ; les compagnons du Cid, Antolinez de Burgos, à la lance

(1) Le roi Pedro *le Cruel* commande à un *hidalgo*, son favori, d'aller tuer Blanche de Bourbon ; celui-ci refuse. Le roi ordonne à un de ses serviteurs d'y aller à la place du noble, et celui-ci obéit, car c'est un *vilain*.

> El villano otorgó luego;
> Que siempre en villanos se halla
> Un vil acometimiento,
> Y una obra infame y baja.

hardie, et le preux Alvar Fanez, ne le cèdent guère en insignifiance et
en dévoûment au *fidus Achates* et aux dociles compagnons d'Enée.

A part l'obéissance qui légitime tout, la morale du Romancero est
du reste assez pure; le crime, quand le maître ne l'ordonne pas, est et
reste un crime, et la pénitence seule peut le laver. Les deux grands
mobiles des faits qu'on nous raconte, c'est la foi d'abord, qui se confond
en Espagne avec l'amour de la patrie, et l'intérêt, à défaut de la foi. Les
femmes ne viennent qu'en troisième ligne, et leur règne, si bien établi dans la chevalerie française, n'a pas passé les Pyrénées. La femme,
selon les idées du Romancero, est respectée, mais soumise; doña Ximena, l'épouse du Cid, est l'idéal des femmes du Romancero, comme
son époux est l'idéal des preux et celui des vassaux. Or Ximena a pour
son seigneur et maître le respect un peu craintif qu'on éprouve en
caressant un lion apprivoisé; chaque mot de son mari est un ordre
pour elle, chaque désir une loi; on sent que les Goths, enfants de l'A-
sie, ont oublié ces traditions du nord, qui prêtent à la femme quelque
chose de divin (1), et qu'ils suivent plutôt sur ce point les traditions
de la conquête musulmane.

D'un sexe comme d'une religion à l'autre, les haines finissent brus-
quement et se changent en amour avec une soudaineté qui nous
étonne. Ximena, désespérant de se venger du meurtrier de son père,
le demande au roi pour mari, et ni le Cid ni le roi ne songent à s'en
émerveiller. Puis, à côté de ces mœurs si rudes et parfois si étranges,
vous trouvez, et en foule, des traits d'une grâce et d'une délicatesse in-
finies. La plaisanterie même y est maniée avec une finesse qui ne semble point appartenir à ces siècles barbares. Nous n'en donnerons qu'un
court exemple : Ximena se plaint au roi don Fernan « qu'il lui a
» donné un mari *pour rire*, puisque son Cid est toujours à batailler loin
» d'elle,» et lui demande « s'il se plaît à *démarier* ceux qu'il a mariés ».
« Quand vous me le renvoyez, ajoute-t-elle, et cela une fois l'an, il
» me vient tellement teint de sang qu'il fait peur à voir, et, s'il s'en-
» dort dans mes bras, il gémit, et s'efforce encore dans ses songes à
» guise d'homme qui combat. »

(1) « Sacrum inesse aliquid et providum putant. » (Tacit., *German.*)

« Dona Ximena, répond le roi, se plaint à moi que son mari s'en-
» dort dans ses bras quand je le lui renvoie; mais il me semble que,
» puisque dona Ximena, à ce qu'elle m'écrit, porte la jupe raccourcie
» et s'attend dans quelques mois à donner un majorat au Cid, son
» époux n'a pas toujours dormi à côté d'elle. » (1)

Reste enfin à caractériser la langue des Romances. Nous avons déjà parlé de la grâce monotone du mètre qui y domine seul, c'est-à-
dire de la *redondilla*, dont le rhythme court et plein convient parfaite-
ment à ce genre intermédiaire entre le poème et la chronique; nous
avons dit comment la rime, qui existait probablement dans les premières romances, a été remplacée dans celles-ci par l'assonnance, qui y
règne sans partage. Quant au style, il affectionne, comme Homère et
comme toute poésie primitive, certaines formules toutes faites qui
épargnent au poète des frais d'invention et à l'auditeur des frais d'in-
telligence. On pardonnerait encore à des refrains populaires ce défaut,
qui quelquefois ne manque pas d'un certain charme; mais, par malheur, dans cette poésie indigène qui semble germer d'elle-même sur
tous les coins de l'Epagne, chaque poète et chaque canton a voulu avoir
sur le même fait sa ballade toute spéciale, et le même sujet se trouve
ainsi répété dans vingt versions différentes, toutes semblables par le
fond, mais qui varient beaucoup dans la forme. De là une monotonie
fatigante jetée sur un sujet qui est par lui-même si riche et si varié.

(1) ..... La vuesa sierva Ximena
A quien vos marido disteis,
Bien asi como burlando.....
Que podais por tiempo tanto
Descasar los casados...
Sin soltalle para mi
Sino una vez en el año.
Y esa que me le soltais,
Fastalos pies del cavallo,
Tan teñido en sangre viene
Que pone pavor mirallo;
Y cuando mis brazos toca
Luego se duerme en mis brazos,
En sueños gime y forceja,
Que cuida que esta lidiando.

Réponse du roi.

Decis en vuesos despachos
Que non vos suelto el marido
Sino una vez en el año,
Y que cuando vos le suelto....
En lugar de falagaros
En vuesos brazos se duerme
Como viene tan cansado.....
A non vos tener en cinta,
Señora, el vueso velado,
Creyera de su dormir
Lo que me habedes contado;
Pero si os tiene, señora,
Con el brial levantado,
No se ha dormido en el lecho,
Si espera en vos mayorazgo.

(*Duran*, t. V, p. 67.)

L'action, au lieu de marcher, s'arrête sans cesse et revient sur ses pas, et l'intérêt se perd dans les détours continuels où le promène la trame sans cesse coupée du récit. Dans des monuments aussi respectables par leur antiquité et par celle des ruines qu'ils recouvrent, nous n'osons émettre le vœu qu'on émonde cette végétation poétique un peu trop luxuriante; et cependant, si ce travail était fait par une main habile, l'art aussi bien que l'histoire n'auraient peut-être rien à y perdre.

Enfin, le dernier et le plus grave défaut des Romances, c'est l'affectation : chez les peuples comme chez les individus, à mesure que les sensations deviennent moins vives, l'expression se fait à la fois moins précise et plus tourmentée. Ce serait un travail curieux et non sans profit pour l'histoire de l'esprit humain que de prendre dans le poème du Cid et dans les vieilles chroniques espagnoles quelques faits à leur état de faits, dans leur rude et grossière charpente ; puis de les retrouver dans les romances du XVᵉ siècle, embellis, c'est-à-dire gâtés, et de voir le faux goût du siècle effacer une à une ces touches de nature et ce simple accent de vérité sans fard qui caractérisent toute poésie au berceau.

En résumé, les Romances, malgré ces défauts, que nous n'avons pas dû cacher, ouvrent au drame et à la poésie une mine féconde où l'Espagne a long-temps dédaigné de puiser. Certes peu de peuples peuvent se vanter de posséder, sans sortir de leur histoire, une série d'annales poétiques aussi étendue et aussi complète. Homère et l'auteur inconnu du poëme d'Antar ne touchent dans leurs vers qu'un point presque imperceptible de l'histoire de la Grèce et de l'Arabie. Il faut remonter jusqu'à l'Asie pour trouver de ces poëmes qui sont à eux seuls, comme les Romances, toute une histoire, toute une poésie, toute une religion. Dans notre Europe, un seul homme a tenté, à cet âge fécond où le monde du moyen âge finit, et où le monde moderne commence, ce qu'ont accompli sans le savoir les Homères anonymes de l'iliade asturienne. En empruntant au drame une forme plus animée que celle de la romance castillane, Shakespeare, dans son admirable série de chroniques en action, a donné à l'histoire une forme nouvelle et traduit sur la scène les annales dramatiques de l'Angleterre. Le Tasse, un siècle plus tôt, était en Italie le dernier représentant de l'esprit chevaleresque en poésie, mais avec la naïveté de moins et la recherche de plus; et l'Arioste venait, avec sa joyeuse ironie, traduire en folles risées ce que le Tasse avait essayé de prendre au sérieux, et tuer ce que le chantre de Godefroi avait vainement essayé de ressusciter.

Mais l'homme qui a porté à la chevalerie le coup le plus mortel, c'est un Espagnol, ingrat enfant de cette terre où la poésie et la religion ont enfanté tant de miracles. Ce n'est pas seulement la chevalerie qu'a voulu tuer Cervantes, et quand il l'a tuée, d'ailleurs, avec la littérature qu'elle avait enfantée, toutes deux étaient déjà mortes : mais c'est le dévoûment, c'est ce noble penchant de notre nature qui nous élève au dessus des calculs de l'intérêt personnel, et nous fait vouer notre vie à une conviction, sans aucun retour égoïste sur nous-mêmes; c'est cette foi ardente et désintéressée qui a fait les croisés des Asturies, comme, deux siècles avant, elle avait fait les martyrs de Cordoue; ce sont enfin tous ces généreux instincts que Cervantes immole au ridicule dans le fou sublime dont il a fait son héros, profane et triste moquerie que le génie ne rend que plus sacrilége, et que le plus grand poëte de notre âge (1) a flétrie dans des vers qui vivront autant que l'immortelle parodie de Cervantes.

Chose étrange! depuis Corneille jusqu'à nos jours, ce sont les étrangers qui ont toujours enseigné à l'Espagne la valeur du trésor qu'elle possède. Tandis que la littérature espagnole, depuis son siècle d'or jusqu'à nos jours, préoccupée de l'étude de l'antiquité, et plus tard de l'imitation de la France, négligeait l'étude de ses poésies nationales, Corneille et la France du XVIIᵉ siècle, si saturés d'imitation espagnole, ouvraient à la muse française ce filon vierge d'où l'or natif du Cid est sorti. Une fois entrée dans cette voie, la France, guidée par Corneille, serait arrivée par l'imitation à l'originalité; l'étude de la poésie nationale de l'Espagne l'eût conduite infailliblement à s'en donner une à elle-même, et à combler cette triste lacune qui se fait sentir dans notre littérature. Comme l'Espagne, la France avait eu naguère ses chants populaires et sa poésie indigène: chargée dès lors de cette tâche glorieuse de mettre en commun les pensées de l'Europe, tâche qui

---

(1) Byron, *Don Juan.*

est la sienne depuis dix siècles, c'est elle qui avait popularisé partout, même dans la Péninsule, le nom tout français de Roland et des héros de la Table-Ronde.

Mais cette poésie nationale, qui ne demandait qu'à naître sur le sol de la France, le merveilleux puéril des romans de la chevalerie l'a tuée en germe, en lui ôtant ce cachet de réalité qui s'attache à des événements sérieux, attestés à la fois par la tradition populaire et par l'histoire. Les fées et les enchanteurs, race maudite, nous ont enlevé d'un coup de leur baguette tous nos souvenirs nationaux, en transportant nos poètes dans un monde imaginaire où l'histoire elle-même devenait méconnaissable, et où le Charlemagne de la Table-Ronde et des douze pairs n'avait plus rien de commun avec celui de la France.

Puis, après les paladins, est venu l'esprit d'ironie, plus cher encore à notre France *gabeuse*, et plus mortel à sa poésie que les enchanteurs et les sorciers. Les fabliaux français ont fait pendant aux romances espagnoles, et la muse du fabliau, on le sait, n'est pas celle de la foi. On s'est étonné quelquefois que la France n'ait pas eu sa réforme, pas plus qu'elle n'a eu sa poésie nationale. Mais la France des Albigeois n'avait-elle pas eu sa réforme, quatre siècles avant Luther? Et tout ce midi hérétique et douteur, dont les trouvères sont les apôtres, n'avait-il pas sa poésie, plus moqueuse qu'enthousiaste, il est vrai, mais image fidèle, à ce titre, du peuple qu'elle résumait? Pendant que la grave et crédule Espagne se personnifiait dans ses romances, la plus vivante expression de son génie de peuple, la France avait sa poésie dans ses chroniques, et faisait de l'histoire sans la chanter. Pays d'action, et non de spéculation, peuple d'avenir plus que de passé, la France a toujours fait bon marché de ses souvenirs nationaux, et c'est moins un Cid qui lui a manqué que la foi pour y croire et des poètes pour le chanter.

Corneille cependant, nous le répétons, avait, par ses emprunts à la littérature nationale de l'Espagne, poussé la France dans cette voie. Le Cid et les romances espagnoles menaient tout droit à la tragédie nationale, à celle qui, par malheur, fit défaut sur notre théâtre, à l'âge où le génie l'exploitait; mais il se trouva pour contemporain de Corneille un Richelieu qui ne pouvait s'accommoder ni de la noblesse indépendante, ni de l'énergique nationalité des Romances. Le monde féodal avait fait son temps, et l'impérieux ministre, tout occupé d'en écraser les débris, avait trop de peur de le voir renaître pour permettre aux poètes de le chanter. L'histoire et la poésie nationale furent donc mises à l'index comme la féodalité. Corneille, parqué dans l'antiquité classique par Richelieu et par l'Académie, s'en consola par des chefs-d'œuvre, et renonça à mettre sur la scène nos annales nationales. Racine, trouvant la voie tracée, la suivit sans songer peut-être à s'en frayer une autre, et nos deux grands tragiques n'essayèrent pas même de prêter leur génie à un seul de nos souvenirs nationaux. Voltaire lui-même, dans cette grande insurrection de la pensée au XVIIIᵉ siècle, après avoir vainement tenté dans *la Henriade* de doter la France d'un poème national, n'osa tenter qu'à demi notre émancipation dramatique, et ne mit qu'en tremblant des Français sur la scène.

Les temps aujourd'hui sont bien changés sans doute, et ce n'est pas la liberté qui manque à nos novateurs dramatiques. Espérons toutefois que ce retour vers de plus saines doctrines qu'on commence à entrevoir, après tant d'écarts, dans la littérature et dans le goût de nos jours, rendra plus cher à nos poètes à venir le culte de la muse nationale. Puissent avec le style et le génie de nos grands maîtres, d'autres tenter ce qu'ils n'ont pas cru devoir faire, et la France aura enfin son pendant à opposer aux Romanceros espagnols.

Vu et lu,

A Paris, en Sorbonne, le 10 novembre 1838,

Par le Doyen de la Faculté des Lettres de Paris,

J.-VICT. LE CLERC.

Permis d'imprimer,

L'Inspecteur général des études, chargé de l'administration de l'Académie de Paris,

ROUSSELLE.

Cette Thèse sera soutenue le samedi 24 *novembre* 1838 *par* EUG. ROSSEEUW SAINT-HILAIRE, *licencié ès-lettres.*